Ror Wolf

Die plötzlich hereinkriechende Kälte im Dezember

Gedichte

Schöffling & Co.

Erstausgabe

Erste Auflage 2015

Satz und Lithographie:
Fotosatz Amann, Memmingen
Druck: Memminger Medien Centrum
Bindung: Josef Spinner, Ottersweier (Leinen)
ISBN 978-3-89561-306-7 (Leinen)
Bindung: Richard Mayer, Esslingen (Leder)
ISBN 978-3-89561-328-9 (Leder)

www.wirklichkeitsfabrik.de
www.ror-wolf-werke.de
www.schoeffling.de

Inhaltsverzeichnis

Erster Teil
39 Gelegenheitsgedichte
aus dem Nachlaß

Erster Teil

39 Gelegenheitsgedichte aus dem Nachlaß

Viertes kleines Nachtgedicht

Eins zwei drei vier fünf sechs sieben acht.
Hier beginnt es, mitten in der Nacht.
Eins zwei drei vier fünf sechs sieben – eins.
Frankfurt, Nordend, oberhalb des Mains.
Eins zwei drei vier fünf sechs sieben – zwei.
Es ist Nacht in Frankfurt, es ist drei.

Jemand sieht die Dinge wie sie sind.
Doch er sieht sie nicht, denn er ist blind.
Jemand hört: von oben fällt das Laub.
Doch er hört es nicht, denn er ist taub.
Jemand wird verschluckt von einem Tier.
Er bemerkt es nicht, es ist jetzt vier.

Eins zwei drei vier fünf sechs sieben acht.
Es ist fünf Uhr morgens, jemand lacht.

1959

Der dunkle Hut des Täters

Die Witwe liegt im Ofenrauch,
im Zimmer, in der Ecke,
und vor dem Fenster raucht es auch,
und an der Zimmerdecke

und an der Zimmerdecke hängt
der Mantel des Vertreters,
und auf dem Tisch liegt, blutgetränkt,
die nackte Hand des Täters.

Am Kleiderhaken hängt der Hut,
das Bier ist umgefallen,
rot auf den Boden tropft das Blut,
und vor dem kahlen schmalen

und vor dem kahlen Fenster lag
der tiefe dunkle Wald,
in dieser Nacht, an diesem Tag
im Jahre Sechzig: kalt.

Der Täter zog den Mantel an,
er wusch sich seine Hände,
er nahm den Hut und ging und dann
verschwand er im Gelände.

1960

Im Winter Vierundsechzig packe ich alles zusammen und entferne mich

Hier bin ich nicht.
Ich bin jetzt in Sankt Gallen.
Ich höre nachts um vier ein Fenster knallen
und einen Kleiderschrank zusammenfallen,
im dünnen kalten Bogenlampenlicht.

Frankfurt ist weit
jetzt in der Nacht um vier.
Noch weiter ist der Weg zum nächsten Bier.
Hier sitze ich am Tisch. Ich sitze hier
in dieser ganz verdammten Feuchtigkeit.

Kein Schwerverkehr.
Nur Schnee auf den Markisen.
Und etwas Staub in den Tapetenrissen.
Kein Wind, kein Wind, um das noch abzuschließen.
Bis später, meine Herren, bis nachher.

1964

Dünste und Gerüche im Hotel

In Sankt Gallen, im Hotel zur Traube,
sitzt der Koch, er sitzt geduckt: der Koch.
Seht den Koch, hier sitzt er immer noch.
Auf dem Kopf des Koches sitzt die Haube.

Hier, im Dunst von Kraut, von Apfelstrudeln,
sitzt der Koch, im Dunst von roten Rüben
und von Ochsenschwänzen sitzt im trüben
Küchenlicht der Koch, im Dunst von Nudeln.

Seht den Herrn der Dünste und Gerüche,
schwer erhebt er sich vom Stuhl und müde
steht er auf, der Koch, der Ofen glühte.
Seht: er geht: der Koch verläßt die Küche.

Auf den Boden klatschen Lappen: nasse.
Vorgesehen war das große Kochen.
Doch das Kochen wird jetzt unterbrochen,
denn der Koch verschwindet auf der Gasse.

Dort, von fetten Vögeln überflogen,
dort am Ende, und noch weiter hinten,
weich im Nebel sieht man ihn verschwinden,
weich und bleich und in der Luft gebogen.

Er verschwindet bis zum letzten Bissen.
Seht: der Koch, er hat sich selbst verzehrt.
Das ist weiter nicht erwähnenswert. –
Das Hotel wird später abgerissen.

1965

Der dunkle Boden der Wirklichkeit

Der Morgen kommt, es kommt der Tag,
der Pförtner löscht das Lampenlicht,
der Bäcker reibt sich das Gesicht,
der Fleischer öffnet den Verschlag.

Die schwarze Nacht ist jetzt vorbei.
Der Gärtner gähnt, der Regen spritzt,
der Kaffee dampft, der Schaffner sitzt
am Tisch und ißt sein Frühstücksei.

Im Hintergrund rauscht der Verkehr.
Der Koch, der in die Tiefe steigt,
holt eine Wurst, der Dichter schweigt.
Der Wind ist schwach, das Meer ist leer.

Der Heizer raucht, der Makler pfeift,
der Ohrenarzt wird umgebracht,
die Sonne sticht, die Witwe lacht,
der Kommissar wird eingeseift.

Der Schnee fällt weich, der Wind er weht.
Der Abend kommt, es kommt die Nacht.
Die Fenster werden zugemacht.
Es regnet und die Nacht vergeht.

1966

Keine Bewegung in Oberrad

In der Nacht, im Lampenlicht,
höre ich kein Klopfen
auf dem Dach und niemand spricht,
niemand kommt und niemand geht,
niemand sitzt und niemand steht,
und es fällt kein Tropfen.

Tief im Bauch des Hauses: kalt.
Schüsseln und Behälter
platzen nicht. Nur dort im Wald
fällt der Schnee, die Kälte klirrt.
Und bevor es wärmer wird,
wird es etwas kälter.

1969

Im Bahnhofshotel in Saarbrücken

Im Bahnhofshotel in Saarbrücken
da sah ich zuerst einen Hut,
danach sah ich einen Rücken
und dann ein Paar Füße beim Bücken,
im Bahnhofshotel, kurz und gut.

Im Zimmer, im vorbestellten,
da saß sie auf meinem Bauch.
Sie sagte, sie würde sich melden,
sie wohne in Kiefersfelden.
Ich sagte: Ich melde mich auch.

1971

Die kalte Suppe
Kinderlied

Am Boden liegt des Bäckers Brot,
am Tellerrand das Messer,
und von der Decke tropft es rot,
es geht mir wieder besser.

Des Fleischers Fleisch liegt auf dem Tisch
und auf dem Stuhl der Hut
des Onkels, weich und träumerisch,
es geht mir wieder gut.

Ich öffne danach meinen Mund
und später meine Schuhe
und esse meine Suppe und
bis dahin bitte Ruhe.

1976

Das Zerquetschen und das Zerplatzen

Ein Beispiel für alle, die gerade vorbeikommen

Das leichte Zerquetschen und das Zerschneiden
von kalten Kartoffeln und das Entkleiden
von dunklen Runkeln von roten Rüben
das rasche Zerreißen von Schachteln von Tüten
am Montag am Abend in Frankfurt im Süden
am Ende des Jahres an einem trüben

an einem Abend beim Stehen beim Bücken
und beim Zerschneiden von kalten von kalten
von kalten Kartoffeln und beim Zerdrücken
von bleichen Klößen von bleichen von weichen
enthäuteten Würsten und von dergleichen
von weichen Wänden von Ritzen von Spalten

der Wind weht aus alten geplatzten Tapeten
aus Mauerlücken aus Rissen aus Sparren
der Wind weht aus Töpfen aus umgedrehten
und jetzt beim Versuch den Mund aufzumachen
zerspringen die Fenster die Türen knarren
jetzt beim Verschlucken beim Beißen beim Krachen

ich habe auf meinem Sessel gesessen
von einem Gewitter beleuchtet und sah
die Bäume gefrieren die Katzen kratzen
und alles was sonst auf der Welt geschah
ich sah die gemästeten Vögel platzen
am Abend und habe weitergegessen

2000

Im Norden und in der Mitte

Der Wind ist kalt und der Regen ist nass
und überall prasselt das Wasser
der Regen fließt in das Regenfaß
der Regen ist schwer und der Regen ist laut
der Regen fällt auf die nackte Haut
und die Welt wird nasser und nasser

2002

Mitteilungen aus der Tiefe

Der tiefe Winter und die fette Glätte
und schwarze Teiche, zugedeckte Tage,
und in der Ferne, unter mir, im Bette:
die weiche faltenreiche kalte Lage.
Tatsächlich: überall wohin ich seh:
zerschnittnes Fleisch und Blut und dunkler Schnee.

2002

Nächtliche Geräusche

Regen schlägt beim Schreiben
an die Fensterscheiben.
Und es steigt zuweilen
Dampf aus meinen Zeilen.

Wind pfeift durch die kalten
Köpfe der Gestalten.
Hagel fällt wie Bohnen
hart auf die Personen.

Und es quillt der dichte
Schlamm aus der Geschichte.

2009

Die plötzlich hereinkriechende Kälte im Dezember

Aus den Schlitzen aus den Falten
der Gardinen aus den kalten

kalten Wänden kalten Schränken
aus den kalten Fensterbänken

aus den Rohren den verstopften
kalten Rohren den geklopften

kalten Betten kalten Kissen
aus den kalten Mauerrissen

aus den Lampen die in allen
Zimmern von den Decken fallen

aus den Ritzen aus den spitzen
Mützen und aus allen Sitzen

kriecht die Kälte in mein Ohr
auch das Gegenteil kommt vor

2009

Am Ende des Konzerts

Im kalten Licht im kalten blauen Licht
sieht man wie einer einen Mann ersticht
man sieht das dunkle Blut mehr sieht man nicht
man sieht es bis das ganze Bild zerbricht

Das Dach es kracht das harte Dach es kracht
im tiefen Schacht der Nacht der tiefen Nacht
ein Mann hat einen andren umgebracht
und dann gelacht und etwas zugemacht

Im März im kurzen kalten Monat März
sticht einer einen andren bis ins Herz
ganz kurz und kalt und jemand schreit vor Schmerz
in Kerzenheim am Ende des Konzerts

2009

Am oberen Rand des Topfes
Sonett

Seit zwanzig Jahren das vertraute Schnaufen
in Mainz im Müll im März im dritten Stock,
im großen Zimmer wo ich hock im trock
im trocknen Rock beim Dichten und beim Saufen.

Seit Jahren bin ich hier herumgelaufen,
wobei ich kalt an meiner Pfeife sog.
Ich lief zwei dreimal um den Häuserblock,
um Brot und Bier und warme Wurst zu kaufen.

Und zweimal dreimal viermal fünfzehnmal
lief ich in etwa achtundzwanzig Tagen
hinüber in das griechische Lokal

und saß danach mit angefülltem Magen
in Mainz im Müll im März ach: ganz egal,
im dritten Stock. Viel mehr ist nicht zu sagen.

2009

Null Uhr dreißig

die Schornsteinkuppen und die Bretterwände
die Suppentöpfe auf den Fensterbänken
die Kälte in den leeren Kleiderschränken
die Aschekübel und die kalten langen
die Ofenrohre und die Teppichstangen
der Wind der kalte Wind die kalten Hände

die Flüsse angeschwollen schwarz die Flüsse
das Knirschen und das Knacken in den kalten
den Mauerrissen und den Gasanstalten
den Tanzpalästen und den Wetterwarten
den Messehallen und den kalten harten
den kalten harten Betten – Viele Grüße

2010

Moritat vom augenblicklichen Stand der Dinge

Städte brennen ab und Wälder,
Berge knicken und verschwinden,
oben unten vorne hinten,
und die Nächte werden kälter.

Mauern stürzen, Dächer brechen,
und im nächsten Augenblick
wächst es weich und bleich und dick
aus den feuchten Innenflächen.

Aus der rußgeschwärzten Luft
fällt ein dunkler abgestellter
rostzerfressener Behälter.
Niemand lacht und niemand ruft.

Dort, am Rande, steht ein Mann.
Dort, auf dem vom Laub bestreuten
Kupferberg, die Glocken läuten,
steht ein Mann und sieht mich an.

2011

Anschwellungen in Olm

Am Anfang in Olm geschah gar nichts,
und später geschah nicht sehr viel,
und noch etwas später da war nichts,
abends im Automobil.

Sie saß dann auf einer Leiter,
in einem Kostümverleih,
und so ging der Abend weiter,
oder er war vorbei.

2011

Ausflüge ins Freie

Sonett

Die fremde Dame aus der Girobank,
man hört sie stöhnen hinter den Kulissen,
ihr leichtes Seidenkleid ist aufgerissen,
dort schwebt sie aus dem Schwebetürenschrank.

Dort kniet sie weich und bleich und schlank und blank,
sie sieht etwas und hat hineingebissen,
schwarz lächelnd, auf den nassgespritzten Kissen,
bevor sie trank und trank und ganz versank.

Wir sehen zu und wir versinken auch.
Dort kniet die fremde Dame, hingegeben.
Aus einem Mund kommt Zigarettenrauch.

Nur einmal sei das so in ihrem Leben,
und dabei setzt sie sich auf einen Bauch,
gewesen, sagt sie, und das war soeben.

2013

1.
2.
3.
5.

Das Quellen, das Wachsen und das Platzen

1. Das Quellen am weichen Montag im Winter
   2011

2. Das wunderbare Wachsen am Mittwoch im April
   2013

3. Das plötzliche Platzen am Samstag, im September
   2013

1.
Das Quellen am weichen Montag im Winter

Etwas quillt am Montag mitten aus
einer großen Dunkelheit heraus.
Später quillt es im Laternenschein
wieder in die Dunkelheit hinein.

Dann, um dieses Quellen fortzuführen,
quillt es aus den Fenstern, aus den Türen.
Während wir von diesem Quellen reden,
quillt es weich heraus aus den Tapeten.

Danach quillt es aus den Mauerritzen,
jetzt, am schwarzen Montag, aus den Schlitzen,
aus den Wannen, aus den Abwaschbecken,
aus den Ecken, aus den Zimmerdecken,

aus den Schränken, aus den Hosentaschen,
aus den Hosenbeinen, den Gamaschen,
aus den dunklen Mänteln, aus den Hüten,
aus den Koffern, aus den Einkaufstüten,

aus den Schüsseln, aus den Suppentöpfen,
aus den Kübeln quillt es, aus den Köpfen,
aus den beiden Ohren, aus dem Mund,
aus den Augen, aus den Augen und

aus den dunklen Löchern, aus den hellen
aus den hellen Löchern und den schnellen
auf und zugezogenen Lamellen.
Ach es ist ein Quellen und ein Quellen.

2011

2.
Das wunderbare Wachsen am Mittwoch im April

Etwas wächst am Mittwoch, im April,
und es wächst jetzt weil es wachsen will,
und es wächst ganz still und wächst ganz schnell,
in Bad Reichenhall im Kurhotel.

Auf dem Tisch, am Rande des Gedecks,
wächst es aus dem Fett des Frühstücksspecks,
still und schnell und plötzlich kalt und heiß
aus der Mitte meines Spiegeleis.

Dampfend wächst es aus der Kaffeekanne,
aus der Schüssel, aus der Badewanne,
aus dem Kleiderschrank und aus dem Bett,
in Bad Reichenhall, aus dem Klosett,

dem Regal, der Vase aus Kristall,
fahl und schmal und tief, in Reichenhall
wächst es aus dem Teppich, aus der Wand,
und aus meiner kahlen nackten Hand.

Vor dem Fenster wächst es wild und weich,
knisternd leichenbleich und folgenreich.
Auf den Straßen, aus den Wagenachsen,
wächst es jetzt mit einem harten Knacksen,

und es wächst mit einem kalten Knirschen
aus den Türen des Hotels zum Hirschen.
Alles ist verwachsen und verflechst,
und es wächst und wächst und wächst und wächst.

2013

3.
Das plötzliche Platzen am Samstag, im September

Etwas platzt am Samstag plötzlich auf,
im September, in der Kreisstadt Lauf.
Etwas platzt in Schlitz, in Schleiz, in Kruft
im September und fliegt in die Luft.

Und in Gurk, in Genk, in Goch, in Gap
platzt etwas und fällt danach herab.
Etwas platzt in Waabs und etwas schmatzt
in der Luft von Ober-Olm und platzt.

Auf dem Tisch in Knocke platzt der Braten,
die Matratzen platzen, die Tomaten,
die Fassaden tief in Oberroden,
und in Baden-Baden platzt der Boden.

Eisenbahnen platzen auf den Schienen,
in Berlin und Wien und die Gardinen
wehen aus geplatzten Fensterscheiben,
weich sieht man den Dampf vorübertreiben.

Die Zigarren knarren hart und platzen,
im September, samstags, Katzen kratzen
nachts in Mainz. Im Schlamm, im schwarzen Fluß,
da versinkt der letzte Autobus.

Plötzlich, in den Orten Schwaz und Saaz,
und auf dem Paradeplatz von Graz,
und in Schmolz in Schmelz in Schruns in Schwill
platzt der Mond und danach ist es still.

2013

Das einfache Herumsitzen in O, in der Nacht

Der kalte nackte Mond vor dem wir saßen,
der kalte Braten nackt und der Salat,
die nackten Fenster und die nackte Stadt,
der nackte Himmel und die nackten Straßen.

Die nackten Hände kalt und mit den Händen,
da nahmen wir ein Bier und kurz vor vier
kam noch ein Bier und später noch ein Bier,
wir saßen an den kalten nackten Wänden.

Wir saßen achtzehn Jahre im Gelände,
vor einem nackten kalten Bier in O,
in O, im kalten Eisenbahndepot,
vom nackten Anfang bis zum nackten Ende.

2013

Einatmen Ausatmen

Das dunkle runde Brot ist aufgegangen.
Das dunkle Brot, gewölbt, mit seinen schönen
mit seinen Rissen und vor allen Dingen
mit seinen Löchern, die wir rasch verschlingen.
In dieser Nacht hört man die Bäcker stöhnen,
bevor wir das gewölbte Brot verschlangen.

In diesen schwarzen Stunden, in der langen
der langen Nacht: der Teig, das weiche Quellen,
in diesen Stunden haben wir gesungen:
Verschlingen ach Verschlangen ach Verschlungen,
mit seinen Rissen und verbrannten Stellen.
Das sangen wir in dieser Nacht und schlangen.

Dann kam der Tag. Und unten im Gelände
da wuchs das Gras, die roten Rüben lachten.
Der Kopfsalat, ganz grün und fest geschlossen,
war aus dem Boden rasch herausgeschossen.
Die Pflaumen wuchsen, die Tomaten krachten.
Der Himmel weich und blau am dicken Ende.

2013

Neunzehnhundertdreiundfünfzig, August: Sechzig Jahre später

Nachts schwarz und tief und stumm am leeren Tisch,
nur eine Abendwurst in die ich steche,
der Mond ganz aufgeschwemmt, die Luft ganz frisch,
ganz dünn, ganz dick, ich weiß wovon ich spreche,
nur das Geräusch von schweren schwarzen nassen
von nassen Lappen, klatschend, auf den harten
den Treppenstufen, wo wir stehn und warten,
und auf den Straßen wo wir abends saßen,
die leeren Flaschen an die Wand gestellt,
während der Regen auf die Köpfe fällt.

Die Suppe wurde stumm hereingetragen,
und vor dem Fenster dunkel alt und kalt
der Rübenhügel, wo wir abends lagen,
der Güterschuppen und die Gasanstalt,
der Wasserturm, die Frau im fremden Hemd,
die fremde Frau und dort die schmale kahle
die Bahnhofshalle und die Brotzentrale,
und die Baracken hart und eingeklemmt,
die dunkle Suppe, dampfend, heiß und tief,
nachts schwarz und stumm am Tisch und kalt und schief.

2013

Die Übernachtung im kalten Eisenbahncoupé beim Toben des Sturmes im Hochgebirge in den menschenleeren Gebieten von Colorado

Eine Eisenbahnballade

Ich höre, Leser, wenn ich mich nicht täusche,
ein Pfeifen, lang, und Eisenbahngeräusche.
Ich sehe Schienen, Weichen und dergleichen
und sehe die Natur vorüberstreichen.

Ein leichenlanger Zug, die Türen schlagen
in Colorado, hier im Speisewagen,
tief in den Bergen. Die Geschwindigkeit
ist ziemlich groß, kein Leben weit und breit.

Und Städte: keine – keine Bahnhofshallen,
nur das Gebirge, spitz und ausgefallen.
Die erste Nacht vergeht, die zweite Nacht,
es ist jetzt Montag, abends gegen acht.

Ich sehe, kurz und gut, wie soll ich sagen,
den Sonderzug, mit einem Speisewagen,
in Colorado, dort, um endlich anzufangen,
und höre, um zum Ende zu gelangen:

Der Zug pfeift in die Dämmerung hinein.
Man hört es krachen und man hört es schrein,
und plötzlich sieht man Fleisch und man sieht Rauch
dahingeweht und Hände sieht man auch.

An diesem Abend plötzlich knallt es kalt,
und fünfzehn Mann, in Sesseln angeschnallt,
ich sehe, wie sie in die Tiefe fallen
und in der Tiefe auf den Boden prallen.

Am kurzen Ende sehe ich beim Bücken
den aufgeschwemmten Mond in meinem Rücken.

2013

Das Loch in der Nacht

Am Abend nachdem ich ihn aufgesetzt hatte
meinen weichen Hut und gegangen war
am Anfang der Woche im Januar
ging ich hinauf eine harte und glatte
Straße hinauf in die Kupferberg-Bar.

Dort saß ich dann noch eine Zeit in der Tiefe
der Nacht in der Nacht und trank eine Flasche
und etwas kroch weich aus der Hosentasche
des Kellners der dalag als ob er schliefe
am Boden in der Zigarrenasche.

2013

Am Abend des folgenden Tages

In Wien kroch ein Mann aus dem schwarzen Kamin.
Die Frau hat geschrien als der Mann erschien.
Der Mann verschwand dann nach einigen Stunden.
Die Frau war schon vor dem Erscheinen verschwunden.

Das Gras kroch über den Boden das Gras
kroch über den Boden und fraß und fraß.

2013

Am Rande der gesellschaftlichen Verhältnisse

Fett hängt am Himmel, Fett und Speck,
die Nacht quillt schwer herab,
die Nacht fließt dick auf das Verdeck
und über meinen Kopf hinweg
und tropft ins Gras hinab.

Der Mond scheint oft in dieser Zeit,
er scheint so weich so weich,
so wolkenlos, so weit so breit,
er scheint mit großer Leichtigkeit
und tropft in einen Teich.

Und warme Würste, Schinken dick,
und Buttermilch und Bier,
und Schlamm im nächsten Augenblick
und eine Dame im Genick
in dieser Nacht um vier.

2013

Fünf zerstreute Leute in zehn Zeilen

In der Wirtschaft Schlund im dunklen Hintergrund:
fünf zerstreute Leute, Fliegen schwirrend und
Fliegen angezogen, fett und schwarz, vom Licht,
Fische angezogen, Fische, warum nicht,
kalt herangeschwommen aus der ganzen Welt,
die von einer Seite auf die andre fällt,
von der großen Kälte eingefroren: Rauch,
auf dem Bauch der ganzen Welt, auf ihrem Bauch:
oben, unten, außen oder innen. –
Wer nichts sagt, kann jetzt damit beginnen.

2013

Spaziergänge am Rande des Meeres

Es schneit auf mich, es schneit auf meinen Hut,
und auf den Mantel schneit es, kurz und gut:
Das Meer beißt große Stücke ab vom Strand,
es frißt und frißt ein Stück von meiner Hand,
es schlingt und schlingt in diesen kalten Tagen,
die Schiffe sinken rasch in seinen Magen,
das Meer, es frißt am Ende das Hotel
in dem ich wohne, insgesamt und schnell.
Die Wälder knicken um und es verschwand
der runde Mond, der Mond, das ganze Land.
Hier sitze ich beim vierten Bier und halte
mir alle Ohren zu, und als es knallte,
da stand ich auf und ging und sagte: Leider:
Wenn es so weitergeht, geht es nicht weiter.

2013

Die Besichtigung der Dunkelheit

Krach Dreck Gestank und Feuer, fernes Knallen,
und Wände Hände Brände Gegenstände,
und jemand lacht im Zipfel dieser Nacht,
und jemand hat das Fenster zugemacht,
und irgendetwas ist herabgefallen,
in dieser Nacht, vom Anfang bis zum Ende.
Und Schluß und weiter nichts Erwähnenswertes,
nur etwas Ausgeleertes, Abgekehrtes,
nur Kerben, Scherben, Scherben und Verderben.
Und ich bin viel zu alt um schon zu sterben.

2013

Abends auffrischende Winde

Die Niederschläge im Norden.
Im Westen der Lastwagenstau.
Mein Kopf ist ganz schwarz geworden,
und meine Hände sind grau.

Am Morgen nichts Unbeschreibliches
am oberen Rand des Gesichts,
am Nachmittag: etwas Leibliches,
am Abend eigentlich nichts.

Ich sitze auf einem Sessel,
in einem zitternden Haus,
und unten liegt tief im Kessel
das Ende von einer Maus.

Das Wetter ist dumpf oder heiter,
am Abend veränderlich.
Das geht nun immer so weiter,
und wenn das nicht geht, dann geh ich.

2013

nina-Pass

Das Ende der alten Verhältnisse
Erster Teil

Die leeren Berge, die gefüllten Flüsse,
die großen Niederschlagswahrscheinlichkeiten,
das platte Land, die schweren Regengüsse,
und die Berichte aus den alten Zeiten,
die Risse, Knicke und die kalten Spalten,
die schwarzen Nächte in den Alpenfalten.

Der Tag ist gut, der Mond ist abgeflossen,
ein Koch und eine andere Person,
sie treten auf und werden totgeschossen,
der Mond fliegt freundlich oben und davon,
und unten liegt ein Mann, ein blasser nasser
ein dicker Mann im Badewannenwasser.

Von Dingen, die wir schon vergessen hatten,
von diesen Dingen werde ich erzählen:
von auf der Straße plattgewalzten Ratten,
von Generälen oder von Kanälen,
von Krankenschwestern werde ich berichten,
in diesen und in anderen Geschichten:

Vom alten Schaffner und vom Straßenkehrer,
ein schleichend bleicher Tag in einem Speicher,
ein ganzer Tag, ein leerer regenschwerer,
und noch ein Tag, ein weicher regenreicher.
Der Regen fiel vom Himmel, und ich aß
das kalte Lampenlicht in dem ich saß.

2013

Das Ende der alten Verhältnisse
Zweiter Teil

Die tiefen Löcher in der Wolkendecke.
Die Augenhöhlen und die Backentaschen.
Der Aushilfskellner ordnet die Bestecke.
Der Wirt hat schon die Gläser abgewaschen.
Und alle sitzen sie beim letzten Bier:
der Lehrer, der Friseur, der Juwelier.

Der Bankdirektor springt diskret in Stücke,
der Metzger gähnt und zieht den Mantel an,
der Maurermeister fällt von einer Brücke,
und in der Ferne pfeift die Eisenbahn.
Die Bäume dampfen weich wie rote Runkeln.
Der Bäckereibesitzer steht im Dunkeln.

Der Himmel splittert hart wie dünnes Glas.
Die Sekretärin singt im Schein der Lampe.
Der Winzer steigt heraus aus einem Faß.
Der Maschinist betritt die Laderampe.
Ganz plötzlich kommt jetzt aus dem Nebenzimmer
ein knirschendes Geräusch. – Doch sonst wie immer:

Das schwarze Fleisch, die tiefen leeren Flaschen,
der Dichter schwimmt in einer Flüssigkeit,
mit einem wilden Sprung, mit einem raschen,
springt er heraus aus der Vergangenheit.
Und morgen bleibt es wie es heute war,
wie im Dezember, wie im Januar.

2013

Schwierigkeiten beim Heben der Füße

Wenn es so weitergeht, dann geht es weiter.
Wir haben nichts als das, was wir noch haben.
Wir sitzen im Hotel zum schwarzen Raben,
im Januar, am Montag, ohne Kleider.

Wir haben nichts in den gefrornen Händen,
nur bleiche Pflanzen an der Wand und Maden
auf unsren Füßen und am Fensterladen,
und die verstopften Löcher in den Wänden.

Nur etwas Wasser fließt aus den Gamaschen.
Am Montag ist es in den Winternächten
ganz kalt in den Kartoffelkellerschächten.
Hier sitzen wir ganz stumm und ungewaschen.

Das rote Blut quillt aus den Bettbezügen,
der schwarze Schlamm fließt aus dem offnen Mund,
im Januar, am Montag, Dienstag – und:
und dem ist wirklich nichts hinzuzufügen.

2013

Die Feuchtigkeit und der Tod

Es platzt der Mond, es knistern die Tapeten,
von Ferne kriecht der nackte Wald heran
und schluckt das Haus, auf einem umgedrehten
Fabrikgelände steht ein kalter Mann.

Die Wolken kratzen hart und aus dem Haus,
am Montag gegen Abend, nine o‘clock,
tritt eine Dame leicht und weich heraus.
Der Wind fährt fauchend unter ihren Rock.

Jawohl, sagt sie, es ist so wie Sie denken,
und ach mein Herr: ich weiß schon was Sie wollen,
ein leichtes Schwenken, sagt sie, ein Versenken.
Sie wollen etwas, das Sie haben sollen.

Ein weiter Rock wird jetzt ganz rasch nach oben
gehoben, ganz gebogen und gebückt,
und eine Hose wird hinabgeschoben,
und etwas wird mit Macht hineingedrückt.

Gelenke Arme Beine Kopf und Glieder
und Schultern Hüften Lippen Kinn und Haar
und Hals und Zunge Mund und Augenlider
und alles nass in diesem Pflaumenjahr.

Es war ganz anders, doch das ist das Gleiche,
sagt kalt der Mann und er beginnt zu träumen.
Er faßt ins Fleisch, ins weiche Fleisch ins bleiche,
um dann am Ende, ach, sich aufzubäumen.

Und nun beginnt das Stechen in vier Zeilen.
Der kalte Mann erhebt das blanke Messer
und sticht und sticht. Ich werde mich beeilen:
Ich sage nichts, ich schweige jetzt wohl besser.

Die Feuchtigkeit, die Abendluft, das Blut,
die Bahnen fahren draußen durch die Nacht,
Und jemand geht und jemand nimmt den Hut.
Und jemand hat das Fenster zugemacht.

Der Himmel tropft, der Himmel aufgeblasen,
der Himmel knackt, der Himmel legt sich jetzt
platt auf das Land und auf die weichen Straßen.
Der Himmel tief und rot und ganz zerfetzt.

2013

Die Nacht ist eine kalte Zigarre

Der Wind in den schwarzen Städten, das Pfeifen.
Das Knarren der Fenster, das Knarren der Karren.
Das Knarren der langen kalten Zigarren.
Das Knarren der Türen, das Quietschen der Reifen.

Das Tropfen von oben, das Knirschen von unten.
Das Knirschen und das Vorüberstreichen.
Das kalte Lachen und zwischen den Weichen:
Ein kalter Körper: zusammengebunden.

Das Knallen, das Knallen der Türen, das Knallen.
Die kalten Pfiffe, das Pfeifen, das Pfeifen.
Das Tropfen, das Klopfen und das Versteifen.
Das Atmen, das kalte Zusammenfallen.

Das Blut auf der Bluse, das Hacken, das Hacken.
Das Tropfen von oben, das kalte Lachen.
Das harte Tropfen, das Krachen, das Krachen.
Das Knacken im Nacken, das Knacken, das Knacken.

Das Tropfen, das Tropfen auf den Terrassen.
Das Rauschen im kalten Berlin und im fetten
im kalten östlichen Teil von Manhattan. –
Der Regen hat jetzt etwas nachgelassen.

2013

Achtung Achtung

○

Der Regen rinnt
und es beginnt
was soll ich machen bitte
das eine nicht
das andre nicht
und auch nichts in der Mitte.
Jetzt setze ich mich erst mal hin
dann lege ich mich nieder
und wenn ich nicht verschwunden bin
dann sehen Sie mich wieder.

2008

Zweiter Teil

Hans Waldmanns endgültiges Verschwinden

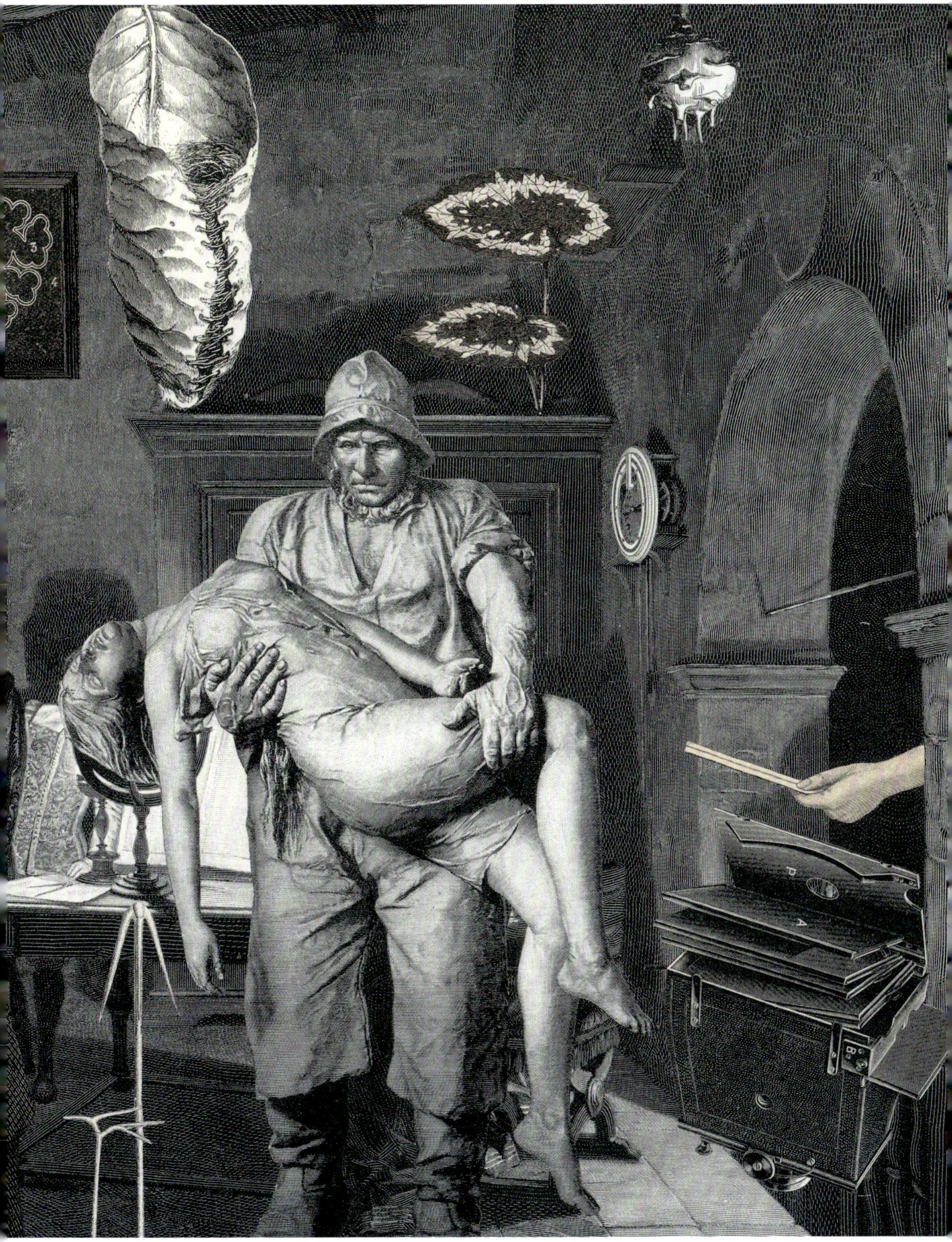

Die Macht der Worte

Als Hans Waldmann in den Süden fuhr,
als er auf dem weichen Boden lag,
Dienstag, Mittwoch oder Donnerstag,
hörte er die Ruhe der Natur.

Und als Waldmann in die Höhe sah,
war der Himmel blau und glatt und leer,
und das Meer war glatt und blau, das Meer,
hier am Rande von Amerika.

Und als Waldmann in der Wirtschaft saß,
saß er ruhig und ganz unbeschwert,
das ist weiter nicht erwähnenswert,
Waldmann trank etwas und Waldmann aß.

Waldmann ging ein kleines Stück herum,
und dann setzte er sich wieder hin.
Als er saß, war es ganz still um ihn,
auch am Himmel war es still und stumm.

So saß Waldmann bis der Abend kam,
und dann kam der Abend, dünn wie Glas,
zu Hans Waldmann, der dort trank und saß
und sich eine neue Flasche nahm.

Waldmann saß und hat hinaufgesehn,
und er sah die Welt wie sie verdorrte.
Plötzlich spürte er die Macht der Worte.
Später ist dann gar nichts mehr geschehn.

2012

Das große Fortfließen im August

Waldmann, der Beobachter des Lebens
und des Bleibens und des Weitertreibens
und des Hebens und des leichten Schwebens
und des schweren Schwankens und des Bebens
und des Reibens und des Weiterschreibens,

Waldmann steht dort an den Gartengittern,
im August, er sieht in allen Ecken
Stühle kippen und Gerüste splittern,
die Personen in den Häusern zittern,
und der Boden bebt, in dem sie stecken.

Fensterscheiben platzen und zerknicken,
und am Himmel weht die Wäsche weich.
Die Personen stehen da und nicken,
in den nächsten dicken Augenblicken
fließen sie davon, ganz stumm, ganz bleich.

Alles schwankt, der Turm wird abgebissen.
In der Ferne klingeln Telefone.
Die Personen schweigen und sie fließen
rasch davon und die Geschäfte schließen
in der dunklen Stadt in der ich wohne.

Und das Abendlicht fließt aus dem großen
Himmel und der Schlamm fließt von den Wänden.
Zwei drei vier von diesen ahnungslosen
nackten Menschen sind vorbeigeflossen.
In den darauf folgenden Momenten:

fünf Personen, nackt, in ihren Betten,
sechs Personen, sieben, ohne Kleider,
acht Personen, hier an diesem späten
aufgeblähten Tag, mit Zigaretten,
neun und zehn Personen undsoweiter.

2011

Das schwere Herabfallen im April Achtundneunzig

Waldmann sitzt am Tisch, er hört es fallen.
Schnee fällt leicht herab und schwerer Regen.
Hagel fällt auf die Gemüsehallen,
Körper, hart, die auf den Boden knallen,
liegen auf den Straßen und den Wegen.

Alles fällt heraus aus den Regalen
im April, es ist ein ziemlich trüber
kalter Tag im Mond, im fahlen kahlen.
Waldmann sitzt im Goldnen Lamm in Aalen.
Lautlos fällt ein Mann an ihm vorüber.

Und das Brot, es fällt vom Tisch, es fällt.
Alles fällt herab auf dieser Welt.

2011

Das Zerfließen

Waldmann will jetzt, in den letzten Stunden,
noch einmal die ganze Welt umrunden.

Diese Welt ist weich und nass und kahl,
hoch und tief und weit und breit und schmal.

Er sieht Dächer aufgeplatzt und Wände
eingestürzt im Eisenbahn-Gelände.

Auf den Straßen liegt der schwarze Schnee.
Schlamm quillt dampfend aus dem Nachtcafé.

Auf dem Billardtisch, im Lampenlicht,
liegt die Dame, Waldmann kennt sie nicht,

aufgeschlitzt, gespreizt und ausgebleicht,
nackt und kalt am Abend, seidenleicht.

Waldmann sieht den Himmel, stumm und schwer.
Danach sieht Hans Waldmann gar nichts mehr.

Doch er hört etwas, er hört ein Fließen,
ein Zerfließen, Schießen, ein Ergießen.

Alles das hört Waldmann, dunkel, kalt,
etwa achtundsiebzig Jahre alt.

2010

Waldmann verschwindet in der Versenkung, taucht aber wieder auf und versucht die Welt zu beschreiben. Danach verschwindet er wieder.

Waldmann gräbt sich durch die Dunkelheit
und er sagt: Ich möchte jetzt beschreiben
wie die Welt zerfällt in dünne Scheiben,
wie sie schwimmt in einer Flüssigkeit,
wie sie knackt und knarrt und wie sie schreit.

Waldmann sagt: Die Welt ist aufgeschwollen,
und man hört sie stöhnen, Tag und Nacht,
ach es kratzt es knirscht es knallt es kracht
und es quillt in der geheimnisvollen
dunklen Welt, es quillt jetzt, zehn vor acht.

Dann kommt er an eine kahle Stelle,
wo es nicht mehr regnet und nicht schneit,
wo nichts wächst und wo nichts mehr gedeiht:
Nichts im Dunklen und nichts in der Helle;
langsam nichts und auch nichts auf die Schnelle.

Waldmann sieht sich diese Gegend an
und besteigt danach die Straßenbahn.

Später nimmt er einen Omnibus,
und das letzte Stück geht er zu Fuß.

2008

Waldmanns Schweigsamkeit und andre Dinge

Regen fällt auf unsre Köpfe nieder.
Waldmann, er bewegt die Augenlider,

er erwacht und er bewegt die Glieder,
und er sagt: Was ist denn nun schon wieder.

Danach öffnet Waldmann sein Gesicht.
Regen fällt aufs Dach und Waldmann spricht.

Waldmann sagt etwas im Abendlicht.
Als der Mond kalt durch die Wolken bricht

und der Nebel fett nach oben steigt,
sagt Hans Waldmann nichts. Hans Waldmann schweigt.

2011

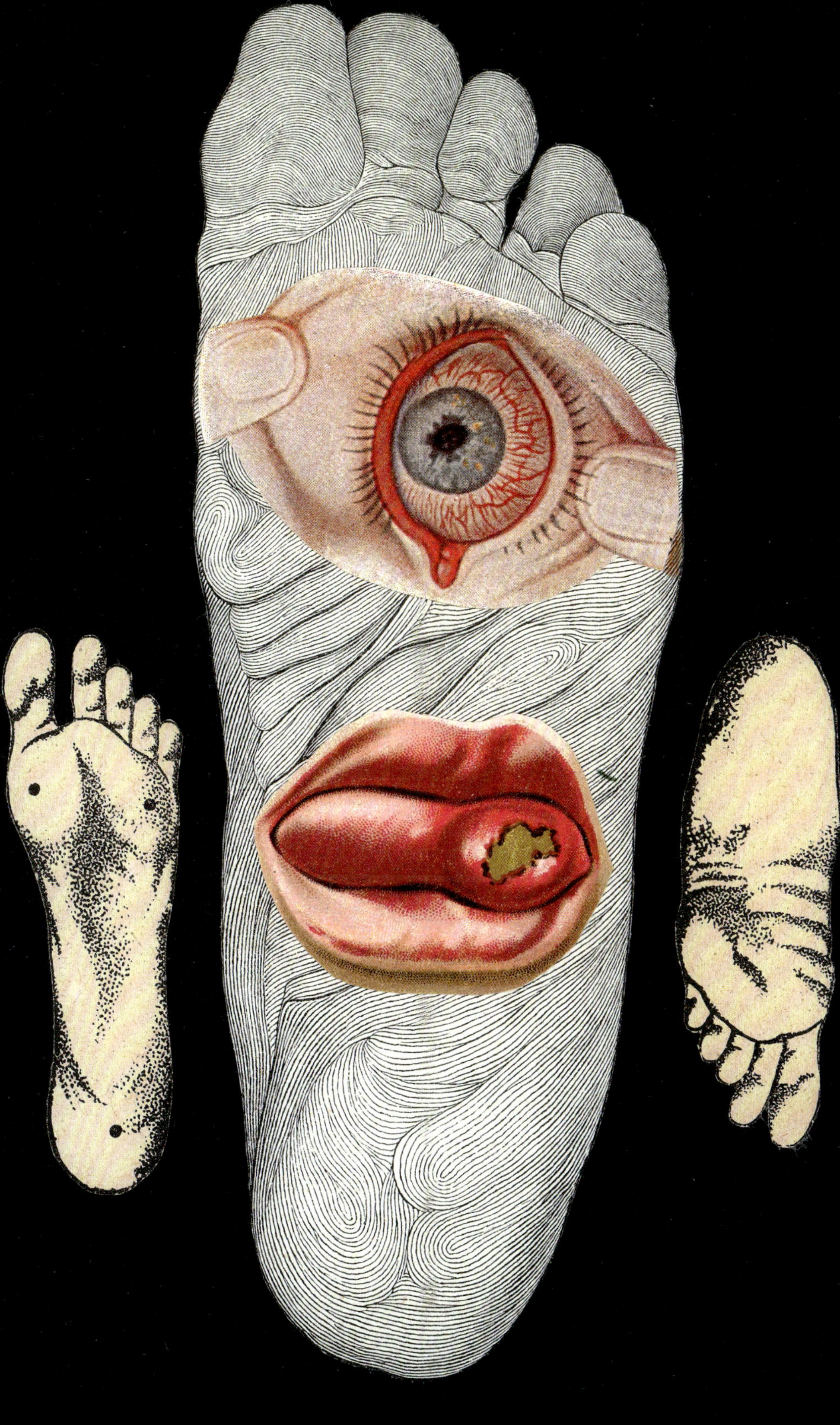

Die Besichtigung der Wirklichkeit unter Berücksichtigung der gegenwärtigen Verhältnisse

Waldmann öffnet jetzt erst mal ein Bier.
Danach steht er vor der Tür und hier
steht er stumm vor einem tiefen Loch.
Loch? Das hatte wir schon einmal: Doch.

Waldmann steht in einem dicken Rauch,
aber Rauch, den hatten wir ja auch.
Waldmann geht durch eine schwarze Nacht.
Er hat seine Augen zugemacht.

Waldmann steht in einem tiefen Wald.
Es ist weder warm noch ist es kalt.
Es ist weder trocken, weder nass.
Es ist weder dies noch ist es das.

Waldmann steht in einer Molkerei.
Milch fließt fett und bleich an ihm vorbei.
Waldmann sagt: Die Welt fühlt sich wie Quark an,
oder ungefähr wie zwanzig Mark an.

Dann steht er in einer Fischfabrik.
Waldmann sagt nichts mehr, Hans Waldmann schwieg
eine Weile und dann sagt er: Nein,
das muß anderswo gewesen sein.

Waldmann also springt aus einem Haus.
Waldmann steht und bindet sich den Schuh.
Danach hält er sich die Ohren zu.
Und am Schluß sieht alles anders aus.

2009

Waldmanns Hosentaschen

Plötzlich hat sich Waldmann zu befassen
mit dem Wasser und den Wassermassen.

Waldmann steht am Meer, er steht und winkt,
und das Wasser steigt, das Wasser sinkt,

und es steigt und sinkt und sinkt und steigt.
Waldmann sagt kein Wort. Hans Waldmann schweigt.

Wasser fließt ihm aus den Hosentaschen,
und die ganze Welt ist weggewaschen.

2008

Die achte Nacht im November

Waldmann, an der Wand herabgeflossen,
in der Nacht, in dieser wolkenlosen
Nacht mit ihren nackten kalten Ohren,
er verschwindet in den Korridoren,
wo die Menschen aufeinanderhocken.
Von den Zimmerdecken tropft es trocken.

Fünfzig Füße, über hundert Hände
wachsen aus dem weichen Fleisch der Wände.
Und der schwarze Lärm der Krähenschwärme
kriecht Hans Waldmann tief in die Gedärme.
Sanfter Dampf, der fremd vorübertreibt,
zieht durch Waldmanns Kopf und reibt und reibt.

Stücke blutig nass von toten Tieren
auf dem Kellerboden in den Schlieren.
Feuchte Fische in den Kellerschächten,
schwimmen fort in den Novembernächten.
Schwerer Schnee fällt morgens auf die Welt,
auf die bleiche Welt und fällt und fällt.

2013

Allmähliche Annäherung an das Ende

Waldmann tritt hinaus in die Natur.
Die Natur ist fahl und schmal und kahl.
Waldmann sieht das nicht zum ersten Mal.
Es ist Dienstag, abends, siebzehn Uhr,
im Dezember, tief im Schnee verborgen,
oder Januar, am Montagmorgen.

Waldmann tritt hinaus aus seinem Haus.
Die Natur ist aufgebläht und groß
im August, der Himmel wolkenlos,
und er geht in die Natur hinaus,
März, April, September oder Mai,
aber das ist ziemlich einerlei.

Frühjahr Sommer Herbst vergeht und Winter,
und der Schnee fällt auf den kalten Hut,
auf den Hut von Waldmann, kurz und gut,
auf den Hut, darüber und dahinter,
und die Kälte beißt ihm in die Ohren.
Und der Himmel ist ganz zugefroren.

Waldmann tritt am Mittwoch im April
aus der Tür, der Himmel feucht und bleich,
Waldmann sieht die Berge, nebelweich,
als er ins Gebirge gehen will.
Er ist dann, die Wolkenknollen knallen,
aufgestiegen und herabgefallen.

Sonntag Montag März April August,
Montag Dienstag Mittwoch Süd und Nord,
Süden Osten Westen undsofort,
heiß und kalt und Wind und dicker Dust,
Montag Dienstag Mittwoch undsoweiter,
Regen, nachts bedeckt und morgens heiter.

Waldmann zieht das alles in Betracht.
Ich muß gehen, sagt er, es ist Zeit,
danke vielmals für die Freundlichkeit,
morgens mittags abends, Tag und Nacht.
Er verschwindet dann mit einem Knall.
Aber bitte lassen wir den Fall.

Waldmann zieht dann einen letzten Strich:
Erst hat er die Türen zugeschlossen,
in der Ferne ist er dann zerflossen.
Alles das, sagt er, war gut für mich.
Waldmann kehrte niemals mehr zurück.
Aber das kommt erst im nächsten Stück.

2013

Verschiedenes

Waldmann läuft herum in der Natur,
und er findet eine Taschenuhr.
Danach, auf dem Weg zum Schillerpark,
findet Waldmann einen leeren Sarg.

In der Nähe der berühmten Sümpfe,
findet Waldmann ein Paar Damenstrümpfe.
Und auf seiner Schulter, als er stand,
findet Waldmann eine Damenhand.

Waldmann steigt in einen Autobus.
Und er findet einen Herrenfuß.
In der Nähe der Zementfabrik
findet er ein Bein und ein Genick.

Waldmann hat die Richtung jetzt verloren,
und er findet ein paar kalte Ohren
dicht an seinem Kopf und im Hotel,
findet er ein leeres Bettgestell.

Einen Fleck und ein Tranchirbesteck,
findet er in Henkels Schlemmer-Eck.
Einen Männerkopf, tief im Morast,
findet Waldmann am Kulturpalast.

Waldmann geht und sieht im Messebau
schwarz die Witwe auf der Modenschau.
Später findet er im Stadttheater
einen Reisekoffer und was tat er?

Waldman hat den Koffer aufgeklappt,
und er sieht im Koffer: ganz zerschabt,
abends, auf der Kupferbergterrasse,
eine weiche bleiche nasse Masse.

Lieber Leser: vorne oder hinten
wird Hans Waldmann immer etwas finden.
Vorne findet er, am Arbeitsamt,
einen Regenmantel, ganz verschlammt.

Hinten, in der Nähe des Gerichts,
findet Waldmann – nein: er findet nichts.

2009

Der Ablauf der Ereignisse: Waldmann liest ein Gedicht in der Messehalle

Waldmann hält die Hände vors Gesicht,
Messer schlitzen tief und Knochen krachen.
Waldmann spricht und die Personen lachen.
Danach fährt er fort mit dem Gedicht.

Es ist Abend, es ist kurz vor zehn.
Waldmann spricht und die Personen schweigen.
Wie es ausgeht, sagt er, wird sich zeigen,
oder nicht, das wird man dann schon sehn.

Noch bleibt der Revolver kalt und still.
Niemand blutet, niemand hört man schießen,
doch das alles ist nicht auszuschließen,
sagt Hans Waldmann abends im April.

Waldmann steht am Pult der Messehalle:
Waldmann liest: man hört ein fernes Pfeifen,
und das Publikum läßt sich ergreifen.
Alle sind gekommen, wirklich alle.

Man hört Schüsse, ah, jetzt wird geschossen.
Einen Schatten sieht man in der Luft.
Jemand schreit entsetzt und jemand ruft.
Nein, sagt Waldmann, das ist ausgeschlossen.

In der Tür erscheint ein fremder Mann.
Mit dem Hut, tief ins Gesicht gezogen,
kommt er durch die Tür: gekrümmt, gebogen.
In der Ferne pfeift die Eisenbahn.

Waldmann sagt: das Blut tropft von den Wänden.
Das, sagt Waldmann, ist nicht weiter wichtig,
aber richtig ist es, sagt er: richtig.
Und das Publikum klatscht mit den Händen.

Waldmann schweigt, es klappern alle Tassen.
Etwas hebt sich, etwas wird sich senken,
was es ist, das kann man sich schon denken.
Und das Publikum klatscht ausgelassen.

Waldmann spricht an diesem dunklen schönen
Abend wie es kracht und knistert und:
etwas fließt ganz dunkel aus dem Mund.
Doch das Publikum beginnt zu stöhnen.

Man erhebt sich und verschwindet stumm.
Was soll man von diesem Vortrag halten
und den nächtlich schwankenden Gestalten,
fragt man sich am Schluß im Publikum.

Danach ist die Messehalle leer.
Niemand klatscht, es ist ganz still im Raum.
Worte oder Schüsse hört man kaum.
Und Hans Waldmann schweigt: er sagt nichts mehr.

2013

Die Beschreibung des Wetters mit einem abschließenden Blick auf die Berge

Jemand sieht man durch den Nebel schleichen:
Waldmann, in dem mondbestrahlten bleichen
Wald: dort in den großen Zwischenräumen,
sieht man Waldmann wandeln zwischen Bäumen.

Waldmann sagt: ich möchte heute sprechen
über die vom Schnee bedeckten Flächen.
Doch ich spreche lieber von den heißen
Wüsten und den schönen Sommerreisen.

Oder besser von den alten kalten
Bergen mit den aufgeplatztzten Spalten.
Und am liebsten spreche ich von Flüssen,
und von schweren schwarzen Regengüssen.

Winter Sommer rollen rasch vorüber.
Waldmann sagt: es kommt ein kühler trüber
Herbst und wieder Winter undsoweiter,
und dann wieder Herbst und Winter: leider.

Waldmann sagt, am Ende seines Hutes:
eng und tief und dünn, das ist nichts Gutes,
kurz davor, sagt er, und kurz danach:
hoch und tief und heiß und kalt und flach.

Und die Berge spitz und feucht und blass,
sagt Hans Waldmann, unbewohnt und nass.
Auch der Hut wird hin und hergetrieben.
Damit ist das Wetter jetzt beschrieben.

2013

Ab in die Tiefe
oder
Die Besichtigung der Wirklichkeit

Waldmann steht mit einem Frühstücksteller
morgens schwarz und stumm im Kohlenkeller.
Dort berührt er mit den nackten Händen
tiefe Risse in den Kellerwänden.

An der Decke sieht er feuchte Stellen,
und dann sieht er, wie die Wände quellen.
Er sieht Menschen auf den Kellertreppen,
die sich atemlos nach oben schleppen.

Waldmann sagt: Ich sehe dort Gestalten,
die etwas in ihren Händen halten,
die etwas auf ihren Köpfen tragen,
mehr ist, sagt er, wirklich nicht zu sagen:

Wäscheständer, Roste, Tortenplatten,
fette Betten, Badezimmermatten,
Bügelbretter, Körbe, Abwaschbecken,
Kübel, Reste von Tranchirbestecken.

Waldmann steigt hinauf, die Stiegen knarren,
in der Stube dampfen die Zigarren,
Korridor, Salon, Parfümgerüche,
Bad und Diele, Herrenzimmer, Küche.

Dann steht er im Wäschetrockenboden,
zwischen Blumentöpfen und Kommoden.
Nasse Flecke, Moder, Baugerüste.
In der Ferne leuchtet auf: die Küste.

Und Hans Waldmann, etwas später, kroch
durch das schwarze Loch, durchs Loch, durchs Loch.
Waldmann steht jetzt oben, auf der Pappe,
und er öffnet eine Bodenklappe.

Er gerät in andere Bezirke.
Drüben kracht und donnert das Gebirge,
Etwas fließt jetzt aus der Nacht heraus,
und es tropft aufs Haus, aufs Haus, aufs Haus.

Waldmann hat die Luke aufgemacht,
dann springt er vom Dach. Hans Waldmann lacht,
und er fliegt, er schüttelt seine Glieder,
dort im Nachtlokal *Zum weißen Flieder*.

Samstags wurde er dann gegen acht
oder gegen neun Uhr weggebracht.
Dünnes Bier floss aus den kalten Ohren,
und der ganze Mund war zugefroren.

Es ist Sonntag, abends gegen sieben,
und ich habe alles aufgeschrieben.

2012

Der Mond ist ein tiefes Loch in der Luft

Waldmann war am Anfang nicht zu sehen,
später sah man auch nicht viel von ihm.
Man sah Waldmann in der Ferne stehen,
und er stand und kaute seinen Priem.

Dächer flossen aus der Luft herab.
Regen fiel von oben schwer ins Meer.
Weil es kaum etwas zu sehen gab,
war die ganze Gegend menschenleer.

Und ein dicker Wald wuchs aus der Welt,
alles stumpf und dürr und ungefähr.
Waldmann, dem das alles nicht gefällt,
sagte: das gefällt mir nicht so sehr.

Nur der Schnee fiel mitten in der Nacht.
Waldmann war allein, er stand im Schlamm.
Später stand er tief in einem Schacht.
Waldmann ging davon und Waldmann kam.

Aber kaum war Waldmann angekommen,
war er auch schon wieder fast verschwunden,
in der Tiefe hat er Platz genommen,
in den Schlitzen, Kerben, in den Schrunden.

Waldmann ist mit seinen Gummischuhen
tief versunken bis hinauf zum Kinn,
deshalb lassen wir den Fall jetzt ruhen:
Seht: wir gehn zurück bis zum Beginn.

Seht: der Wind drückt schließlich alles nieder,
auch das Wetter in den nächsten Tagen.
Erst kommt Waldmann und dann geht er wieder.
Das, sagt Waldmann, wollte ich noch sagen.

2013

Vorgestern 23 Uhr undsoweiter

Dort: der gelbe Mond rollt weich vorüber,
sagt Hans Waldmann und geht auf und ab.
Dreiundzwanzig Uhr, es ist ein trüber
aufgeschwemmter Tag am Pappelkap.

Es ist dunkel, später wird es heller
in den nassen schwarzen kalten Spalten.
Erst ganz langsam, später etwas schneller,
donnerstags, im Lampenlicht, im kalten.

In dem dunklen Haus, in dem wir wohnen,
an der Pappfabrik, den Wasserwerken,
kochen in der Küche dicke Bohnen.
Waldmann sagt: das sollten wir uns merken.

Hals Brust Nacken Rücken Kniegelenke,
Hüte hart und rund und ganz verkohlt.
In der Ferne aufgeklappte Schränke.
Und der Mond ist weich vorbeigerollt.

Waldmann sagt: das kann gefährlich werden.
Was noch kommt, sagt Waldmann, weiß ich nicht.
Waldmann sagt: mit diesem ausgekehrten
Bild, sagt Waldmann, endet der Bericht.

Dort beginnt die große leere Fläche.
Es geschieht nichts andres als bisher.
Niemand weiß genau wovon ich spreche.
Denn zu hören ist nun auch nichts mehr.

2014

Abschied von den Worten

Als Hans Waldmann dasteht so im Wind,
auf dem Platz wo fette Vögel hocken,
ist der Himmel leer, der Platz ist trocken.
Waldmann schweigt und das Gedicht beginnt.

Als Hans Waldmann dasteht so im Staub,
ist der Himmel glatt, wie abgeleckt.
Waldmann schweigt. Der Himmel ist bedeckt,
auf dem Boden liegt das trockne Laub.

Und als Waldmann dasitzt tief im Bier,
schweigt Hans Waldmann und er sieht sich um.
Waldmann schweigt, Hans Waldmann ist ganz stumm,
hier und dort und weiter: dort und hier.

Und als Waldmann daliegt so im Licht,
ist der Himmel leer und glatt und kalt.
Später geht Hans Waldmann in den Wald.
Waldmann schweigt: hier endet das Gedicht.

2013

Der Schlung
oder:
Das Ende der Musik

1.

Seht die Nacht, sie sinkt herab und seht,
wie der Mond sich dreht, ganz überweht,
Seht die Welt, Hans Waldmann wird vermißt,
seit der Tag hereingebrochen ist.

Seht den Wind, er hat ihn weggeblasen,
Waldmann ist, wenn wir zusammenfassen,
nicht mehr jung, er ist schon ziemlich alt.
Raben schwirren knarrend aus dem Wald.

Etwas hört man in der Küche knallen.
Seht: ein Deckel ist vom Topf gefallen.
Und die ganze Nacht ist eingefroren,
aber Waldmann ist noch nicht verloren.

Um ein wenig an der Welt zu lecken,
ohne unsre Leser zu erschrecken,
nicht von außen und auch nicht von innen,
werde ich mit dem Gesang beginnen.

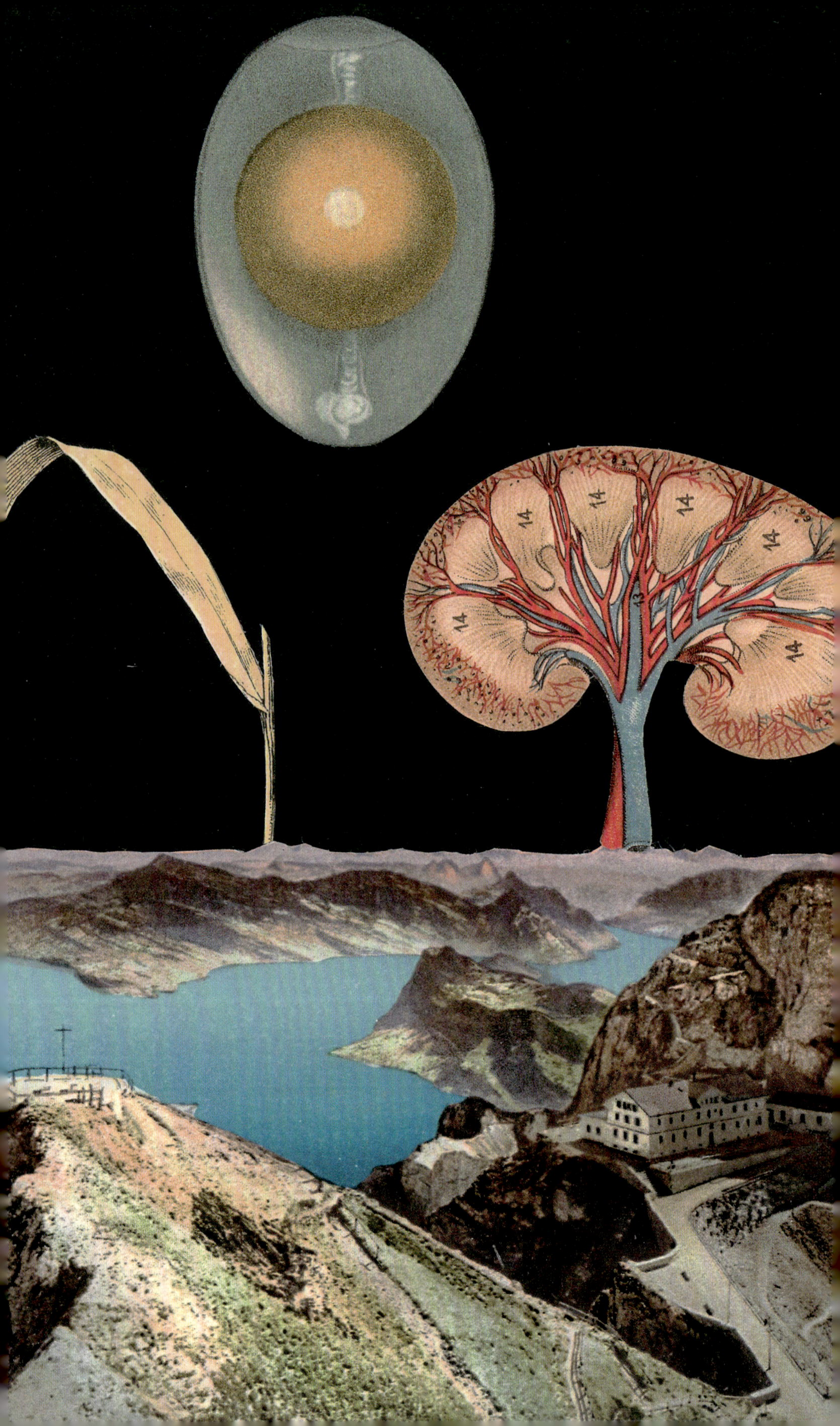
14
14
14
14
14
14

2.
Es fängt an, es kommt etwas in Gang.
Ich beginne jetzt mit dem Gesang:
Erstens, wie Hans Waldmann steckenbleibt,
wie er, zweitens, schließlich weitertreibt.

Ich versuche damit anzufangen:
Über seinen Körper krochen Schlangen,
Damen krochen über sein Gesicht,
doch das überraschte Waldmann nicht.

Wenn er kam, und das kam häufig vor,
kam er mit dem Kopf aus seinem Ohr,
oder mit den Augen aus der Wand,
oder mit den Fingern in der Hand.

Er erhob sich morgens leicht und wach,
und er zog die ganze Haut vom Dach,
er hat sie verschlungen und verdaut:
diese ganze Haut: die ganze Haut.

3.
Seht: er beißt jetzt in die kalte Luft,
dreimal, viermal, und Hans Waldmann ruft:
Oben ist der Mond davongeflossen,
und das Meer ist leer und ausgegossen.

Kellner bringen ihm das nächste Bier.
Weiche Damen, zwei und drei und vier,
liegen atemlos auf den Matratzen,
während oben die Gewitter platzen.

Und sein Leib, von Kleidern schwarz umhüllt,
wird vom schweren Regen überspült,
und die Wolken drücken ihn ganz hart
an den Rand, wobei der Boden knarrt.

Jemand schlägt ihn auf den Hut, von hinten:
Das Zergehen, das Zerfließen, das Verschwinden.
Später kann man es noch einmal sehen:
Das Verschwinden, das Zerfließen, das Zergehen.

4.
In den wilden Städten, auf den großen
Straßen ist ihm manches zugestoßen.
Raupen krochen weich und Fliegen flogen,
fette Ratten sind vorbeigezogen.

Mauern platzen, dicke Fenster platzen,
Schüsse platzen, Schränke und Matratzen.
Auf den Straßen stürzen Peitschenlampen
plötzlich um und schwarze Laderampen.

Und die Witwe hat ihn ausgezogen,
nackt bis auf das Fleisch, und umgebogen,
um mit ihren scharfen Fingerspitzen
Waldmanns Nacken lachend aufzuschlitzen.

In der Nacht hat man sie schreien hören,
schreien, mit Frisören und Chauffeuren.
Und sie schrie, sie schrie jetzt ganz entsetzt,
sie schrie auf, und später schrie sie: Jetzt.

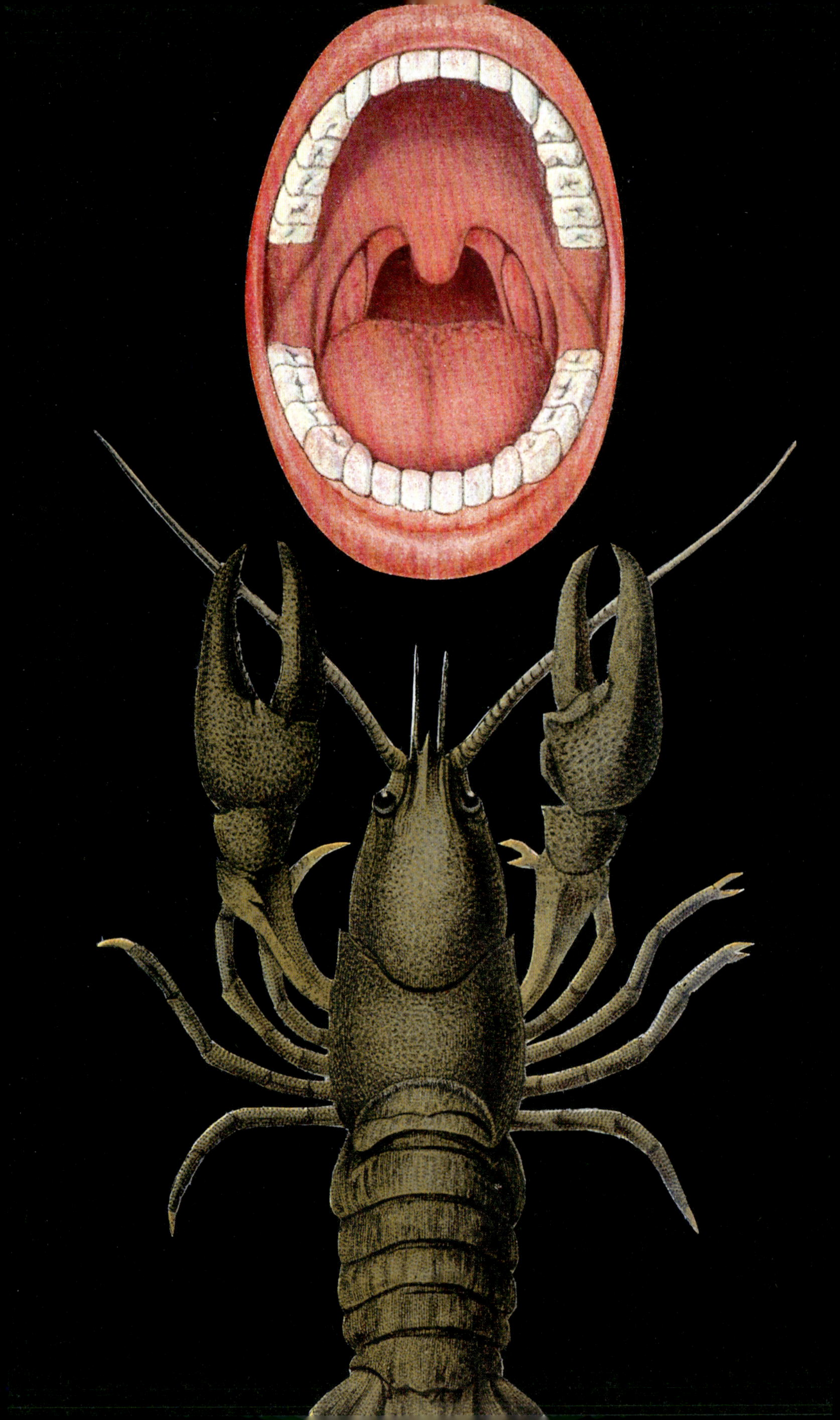

5.
Seht: Noch steht Hans Waldmann auf der Welt,
bis er schließlich still zu Boden fällt.
Aber Waldmann liegt nicht lange und
er verschlingt ein Wort mit seinem Mund.

Er erhebt sich und mit Appetit
schluckt er alle Worte die er sieht.
Und mit einem riesengroßen Schlung
da verschlingt er die Erinnerung.

Alle letzten Worte sind gesprochen,
Waldmann schweigt und ist davongekrochen.
Er verschwindet stumm am weichen flachen
Rand von Olm; da ist nichts mehr zu machen.

Alles was man außerdem erfährt,
ist im Grunde nicht erwähnenswert.
Und was sonst noch auf der Welt geschieht,
fällt in ein ganz anderes Gebiet.

2013

a
b′
c′
F
C
c
a′
b
Zugersee
Küssnacht
Meggen
Vierwaldstättersee
Hertenstein
Weggis
Vitznau
Gersau
Brunnen
Morschach
Seelisberg
Niederbauen
Stans
Beckenried
Buochs
Stans
Seeburg
Kehrsiten
Bürgenstock
Luzern
Kastanienbaum
Stansstad
Esel
Pilatus
2133 m
Hergiswil

Fünf
letzte Versuche
Hans Waldmann
endgültig
verschwinden
zu
lassen

Erster Versuch:
Ein überflüssiges Ende von gar nichts

Wie, sagt Waldmann, wird es weitergehn?
Nun, mein Herr, das werden wir schon sehn.
Dankeschön, das höre ich sehr gerne,
sagt er und verschwindet in der Ferne.

Waldmann hat das letzte Wort verschlungen
und ist an die frische Luft gesprungen.
Weiter geht es also weiter unten:
alles leer. Hans Waldmann ist verschwunden.

Gar nichts blieb zurück in seinem Haus.
Nicht einmal die Spitze einer Maus.
In der Ferne spielt ein Grammophon.
Hinter dem Tabak geht er davon.

Waldmanns Ruhm ist lange schon verblichen
und die Welt vom Nebel überschlichen.
Er ist alt, er kann nicht ewig leben.
Ja das ist nun so. So ist das eben.

Waldmann hat dann seinen Hut genommen
und ging fort. Er wird schon wiederkommen.

2013

Zweiter Versuch:
Waldmann faßt alles zusammen und entfernt sich

Wind. – Er bläst den Kaffee aus der Tasse.
Unser Bild zeigt die verschneiten Tische,
oben auf der Kupferbergterrasse,
im Moment, als ich darüberwische.

Waldmann sagt: Jetzt muß sich alles ändern,
die Verhältnisse, die Straßenbahn,
in der Mitte und auch an den Rändern,
schon damit sich alles ändern kann.

Später sieht man ihn im Bahnhof sitzen,
wo er eine Currywurst verzehrt.
Dünner Rauch quillt aus den Lüftungsschlitzen.
Waldmann bleich und vor die Tür gekehrt:

Waldmann kann die Hand und auch die Flasche
vor den Augen plötzlich nicht mehr sehen,
denn er hat sie in der Hosentasche,
und Hans Waldmann schwankt etwas beim Gehen.

Nachts ist nichts, man hört nur etwas knallen.
Waldmann sitzt auf seinen beiden Ohren,
abends sieht man ihn nach hinten fallen.
Waldmann liegt. Der Boden ist gefroren.

Waldmann hat das alles ziemlich satt.
Man sieht Waldmann später im Gedränge,
was nicht allzu viel zu sagen hat,
aber das sagt eine ganze Menge.

2013

Dritter Versuch:
Waldmann drückt sich ganz klar aus und geht

Waldmann schweigt, er steht vor vielen Leuten,
vorher nachher oder hinterher.
Dazu, sagt er, sage ich nichts mehr.
Lieber will ich auf die Worte deuten –

oder über alle Worte steigen.
Jedenfalls: ich schweige wie bisher.
Nun schweigt auch der Autobahnverkehr.
Es ist still, es schweigen alle Geigen.

Waldmann, nebenbei muß ich das sagen,
sagte nichts, das sagte ich ja schon,
nichts im Radio, nichts am Telefon,
Waldmann schweigt nun schon seit vielen Tagen.

Waldmann schweigt und sitzt nur so herum.
Plötzlich steht er auf und hält den Mund.
Dafür gibt es sicher einen Grund.
Danach geht er: er verschwindet stumm.

Schweigend steht Hans Waldmann und geht fort.
Sicher, sagt er, das ist ungewöhnlich,
aber nehmen Sie es nicht persönlich,
sagt Hans Waldmann und verläßt den Ort.

Er verschwindet schweigend im Gelände.
Alles andre wird sich schon noch zeigen.
und bis dahin will ich lieber schweigen.
Reden wir nicht mehr darüber: Ende.

2013

Vierter Versuch:
Abschließende Äußerungen zur Lage

Bitte keine weiteren Gedichte
von Hans Waldmann, sagt Hans Waldmann jetzt.
Waldmann hat sich danach hingesetzt:
Bitte meine Herren: ich verzichte.

Waldmann sitzt und lächelt in die Suppe,
Waldmann bläst in die verschiednen heißen
dünnen dicken harten weichen Speisen,
und er deutet mit der Fingerkuppe

auf die Welt, den Wald und auf die Berge,
auf die Malzfabrik, die Gasanstalt,
den Justizpalast, kalt angestrahlt,
auf die Post und auf die Wasserwerke.

Waldmann sagt: Es wird nichts mehr passieren,
und das Leben wird nun leer und schwer.
Waldmann sagt: Da hilft jetzt gar nichts mehr.
Warten Sie nur ab, bald wird es frieren.

Waldmann geht und steigt in seinen Wagen.
Und inzwischen ist die Welt im Wandel:
Die Verlagskultur, der Lebensmittelhandel.
Waldmann sagt: Ich möchte nichts mehr sagen.

Und am schwarzen Ende dieses Falles
fährt er fort, er hat das oft getan.
Vorher zieht er sich den Mantel an.
Das war alles, sagt er: Das war alles.

Man hört nichts von Waldmann, keinen Ton.
Waldmann hat sich niemals mehr gezeigt.
Es ist klar, daß man darüber schweigt.
Also reden wir nicht mehr davon.

2013

Fünfter Versuch:
Lautloses Ende

Hört, verehrte Leser, ich besinge
Waldmanns Schweigsamkeit und andre Dinge.
Waldmann sagt: Ich habe nichts dagegen.
Singen Sie, sagt Waldmann, meinetwegen.

Hört, verehrte Leser, hört und seht,
was geschieht und wie die Zeit vergeht.
Waldmann sagt: Was soll ich dazu sagen.
Und er sagt: Ich werde es ertragen.

Waldmann sagt: Mein Herr, die alten Zeiten,
sind vorbei, das läßt sich nicht bestreiten.
Allerdings, mein Herr, ich bin der Alte,
wenn ich mich auch nicht mehr so verhalte.

Waldmann bindet seinen linken Schuh.
Und er sagt: Ich sage nichts dazu.
Waldmann sagt: Ich will jetzt nach dem Essen,
alle Worte möglichst rasch vergessen.

Waldmann hebt die Hand und läßt sie fallen.
Dieser Fall ist nun der Schluß von allen
Fällen: Ach vergessen wir den Fall,
Fälle gibt es schließlich überall.

Waldmann fährt zum Ostbahnhof und hier
findet Waldmann Bier und ein Klavier.
Jemand fragt: Mein Herr, wo gehts denn hin?
Waldmann sagt: Nach Graz und dann nach Wien.

Schon in Innsbruck sieht man ihn zerbrechen.
Von Hans Waldmann wird kein Mensch mehr sprechen.
Nur der Abdruck seiner kalten Hände
bleibt zurück im Eisenbahngelände.

Jemand sagt bei seinem letzten Gang:
Das, mein Herr, war der Zusammenhang.
Waldmann floß davon und jemand machte
alle Türen zu und jemand lachte.

Lautlos ist das Ende, lautlos, kalt.
Waldmann: dort verschwindet er im Wald.

2013

Hans Waldmanns letztes Abenteuer
Erste Fassung

Dort an der Wand, am Abend, im Salat,
dort steht der Mann, dem man das ganze Leben
tief aus dem Leib herausgeschnitten hat,
am dunklen Rand der Stadt, von Dampf umgeben.

Dort steht er schwarz und stumm und leicht gebogen,
am dicken Ende und noch weiter hinten.
Und kurz danach ist er davongeflogen.
Ganz oben sieht man dann den Mann verschwinden.

Seht wie er steht und wie er plötzlich geht
und sich bewegt vor der zerplatzten Wand,
und wie er fliegt und in der Luft verweht,
an diesem Abend – mit der kalten Hand.

2013

Hans Waldmanns letztes Abenteuer
Zweite Fassung

Dort an der Wand, am Abend, im Salat,
am dunklen Rand der Stadt, von Dampf umgeben,
steht Waldmann, dem man dieses ganze Leben
tief aus dem Leib herausgeschnitten hat.

Seht wie er steht und wie er plötzlich geht
und sich bewegt, die Mütze in der Hand,
an diesem Abend, an der kalten Wand.
Seht wie er fliegt und in der Luft verweht.

Hans Waldmann: rauchend stumm und leicht gebogen,
ist jetzt, am Ende, schwarz davongeflogen.

2013

1
2
7
5
3
9
9

Ror Wolf
Die plötzlich
hereinkriechende Kälte
im Dezember

erschien im Oktober 2015 in einer Auflage von 1.555 Exemplaren.
1500 Exemplare sind in eukalyptusfarbenes Feincanvas
der Bamberger Kaliko gebunden, die Exemplare sind von 1 bis 1.500 numeriert.

Die fünfzig Exemplare der Vorzugsausgabe
sind von Hand in Leder gebunden,
von I bis L numeriert und von Ror Wolf signiert.

Fünf Exemplare der Luxusausgabe sind in Halbpergament gebunden,
numeriert und von Ror Wolf zugeeignet.

Dieses ist Exemplar N° 0207 *